MW00875058

Para Luna, que tanto disfruta
de una linda historia, por ser la
musa que inspiró la creación de
esta fantástica historia.

Autor: Sandy Winklaar
¿Yo soy un Gato?
Edición: Virginia Pérez Salgado
Ilustraciones: Gabriela Dieppa
Maquetación: Gabriela Dieppa
Publicado por: Sprout Books

ISBN: 9798840212288

Primera Edición: Junio de 2022

Pelusa y Sinfín

¿Yo soy un gato?

Escrito por
Sandy Winklaar

Ilustrado por
Gabriela Dieppa

Había una vez un gatito llamado Pelusa. Era un gatito negro muy risueño.

Su primer amigo fue un perrito bulldog llamado Sinfín.

Pelusa y Sinfín estaban muy unidos. Eran como hermanos inseparables: a los dos les gustaba ladrar, jugar con otros perros y espantar palomas.

Ellos compartían todo dentro
y fuera de la casa donde vivían.

Un día, la pandilla de Pelusa y Sinfín empezó a ladrar y corretear a un gato amarillo para molestarlo. Incluso a Pelusa eso le parecía divertido.

El gatito amarillo, asustado, se trepó a un árbol y esperó que la pandilla se cansara de ladrarle y molestarlo.

Así fue. Luego de un tiempo, la pandilla se cansó de ladrarle al gato amarillo y se fueron a hacer otras cosas.

Cayó la noche y el gato amarillo apareció en la cama de Pelusa. Pelusa se sorprendió al verlo. Se puso alerta y quiso ladrarle a Sinfín, sin mucho éxito.

El gato amarillo le dijo:
—Calla, necesito hacerte una pregunta, ¿por qué me ladrabas?

—Porque es lo que hacemos los perros —dijo Pelusa.
—Tú no eres un perro —comentó consternado el gato amarillo.
—Sí que lo soy, ¿no me ves? —insistió Pelusa.

—Te veo y te pareces mucho a mí; me atrevería a decir que eres un gato como yo.

—¡Un gato! —exclamó confundido Pelusa—. ¿Yo, un gato?
—Sí, mira nuestras patas —dijo el gato amarillo. Y, efectivamente, eran muy parecidas.

—Te invito a dar un paseo al lago, amigo —dijo el gato amarillo.

Pelusa, confundido, accedió.

Esa noche, la luna brillaba intensamente y era perfecta para que pudieran ver sus reflejos.

El gato amarillo se inclinó diciéndole a Pelusa:
—Ven para que te veas —y cuando se asomó y vio su reflejo por primera vez, se volteó y observó detenidamente al gato amarillo.

Consternado al notar la
similitud de sus apariencias,
Pelusa se sintió defraudado.

Y le preguntó al gato:
—¿Pero si yo ladro, cazo y molesto a los gatos como tú?, ¡no puede ser que yo sea un gato y no lo haya sabido nunca!

—Pelusa, tranquilo, es normal que te sientas así, pues toda tu vida has querido pertenecer y ser parte de algo —dijo el gato amarillo.

—¿Y los perros sabrán que soy un gato? —se preguntó Pelusa.

Sin saber la respuesta, Pelusa volvió a su cama junto a Sinfín, el perro bulldog a quien quería como un hermano.

A la mañana siguiente, Pelusa se levantó; cabizbajo y triste le preguntó a Sinfín:

—¿Tú crees que soy diferente?

Sinfín se sorprendió ante la pregunta y le respondió:

—¿Diferente? No.

—¿Tú crees que soy un gato? —preguntó Pelusa.

Sinfín se asombró y le contestó con voz compasiva:
—Claro que eres un gato.

Al escuchar esa respuesta, Pelusa se puso triste; se sentía decepcionado y confundido.

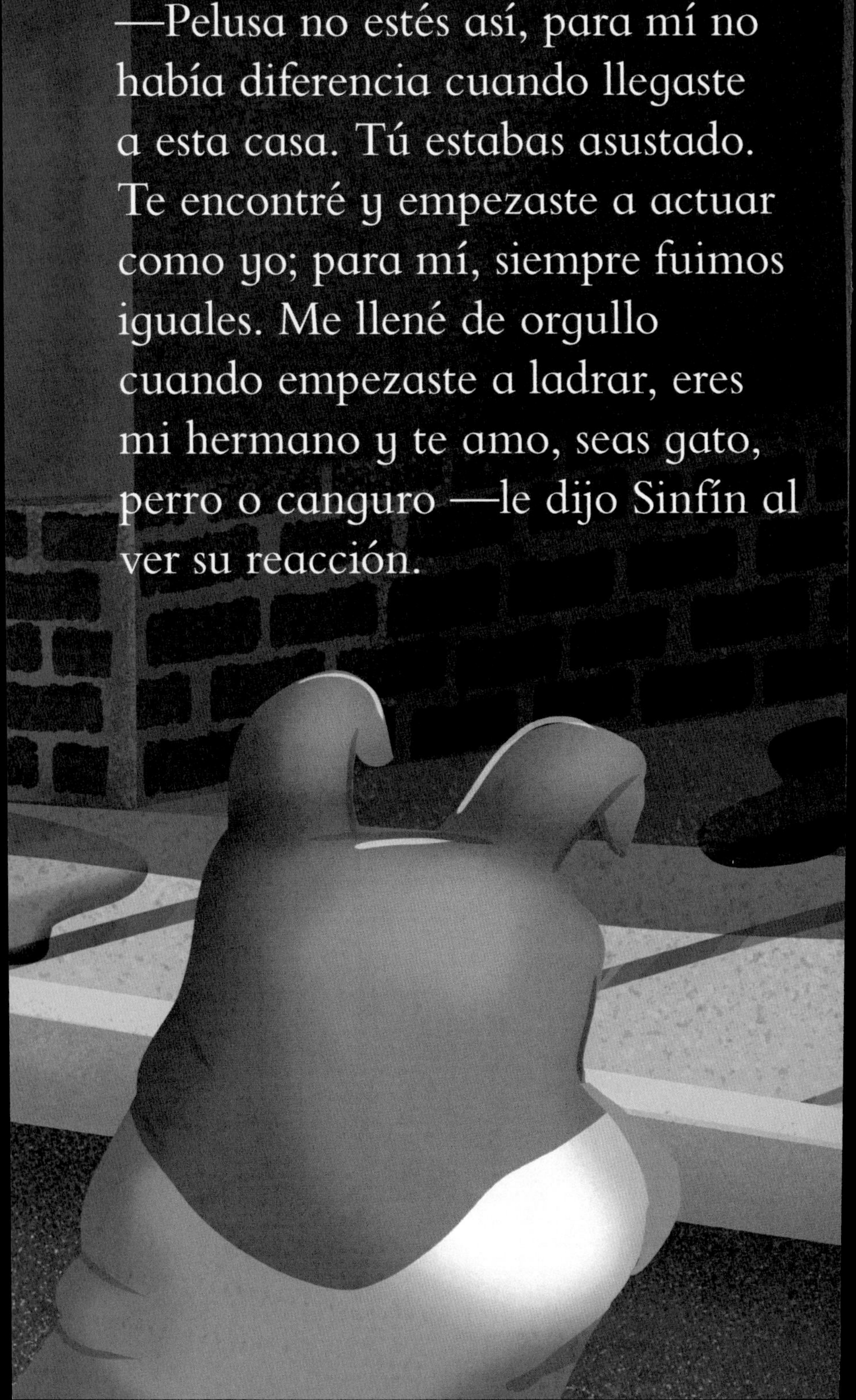

—Pelusa no estés así, para mí no había diferencia cuando llegaste a esta casa. Tú estabas asustado. Te encontré y empezaste a actuar como yo; para mí, siempre fuimos iguales. Me llené de orgullo cuando empezaste a ladrar, eres mi hermano y te amo, seas gato, perro o canguro —le dijo Sinfín al ver su reacción.

Pelusa sonrió y le preguntó a Sinfín:

—¿Los de la pandilla saben que soy un gato?

—Por supuesto, respondió Sinfín.

—Y aun así me aceptaron, jamás me ladraron ni me molestaron —dijo Pelusa.

—¡Cómo lo iban a hacer si eres uno de nosotros! A todos nos gustaba molestar a los gatos, pero tú no eres cualquier gato, eres Pelusa, mi hermano
—respondió Sinfín.
—Ya no sé quién soy. Ahora debo ser un gato.

Sinfín, le dijo:
—Lo importante es que a partir de ahora no tienes que decidir quién quieres ser, no tienes que etiquetarte, perfectamente puedes ser lo que quieras ser.

Fin.

Sobre la autora

Sandy Winklaar nació el 12 de junio 1987, en Caracas, Venezuela. Desde muy niña ha sido una entusiasta lectora y una apasionada por la escritura. A los 12 años ya escribía versos y pequeñas narraciones. Hoy, es madre de una niña y de un niño. Ellos son la fuente de su inspiración para escribir, ya que Sandy aspira a un mundo más compasivo para ellos.

Asumiendo su pasión, Sandy se llenó de coraje para escribir su primer libro *¿Yo soy un gato?* En él, acerca a los más pequeños al poder que tiene el amor para sobreponerse a las diferencias.

Este libro es un acto de amor hacia sus hijos, hacia sí misma y también hacia la humanidad, a todos los que desea transmitir un mensaje de hermandad y de amor puro e incondicional.

Sobre la ilustradora

Gabriela Dieppa (María Gabriela Soto Dieppa, Venezuela, 1994) estudió diseño gráfico en la universidad de Los Andes. Es escritora, ilustradora y diseñadora. De la mano de otras editoriales y autores, ilustró y diseñó libros como: *Pirates Stuck at "C"* (2019) *This is MY Castle* (2019) *Billy the Silly Spider, In the park* (2020) *Billy the Silly Spider, Beware of the Bubbles* (2020) *I'm Proud to be Me-e-e* (2021) *A Justice for Greenwood Story, Workbook* (2021) *Ava Loray Wants to Play* (2021) *From Head to Toe* (2022) *A to Z, Animals say Bismillah* (2022).

Desde pequeña mostró interés por los libros en múltiples formatos. Su pasión la llevó a conseguir premios, como la medalla de plata en los "Moonbeam Children's book Award", el "Independent Press Award" como distinguido favorito, el "Purple Dragonfly" como mención honorífica y otras nominaciones y premios tanto en la ilustración editorial como en el diseño.

Ahora, a través de su propia editorial, "Sprout Books", ayuda a otros autores independientes en el proceso de hacer realidad sus obras literarias.

Made in the USA
Las Vegas, NV
24 November 2023

Pelusa lo miró con atención.
—De igual manera, eres mucho más que un simple gato para aquellos que te aman, y no importa lo que decidas, siempre, siempre estaremos unidos —continúo diciendo Sinfín.

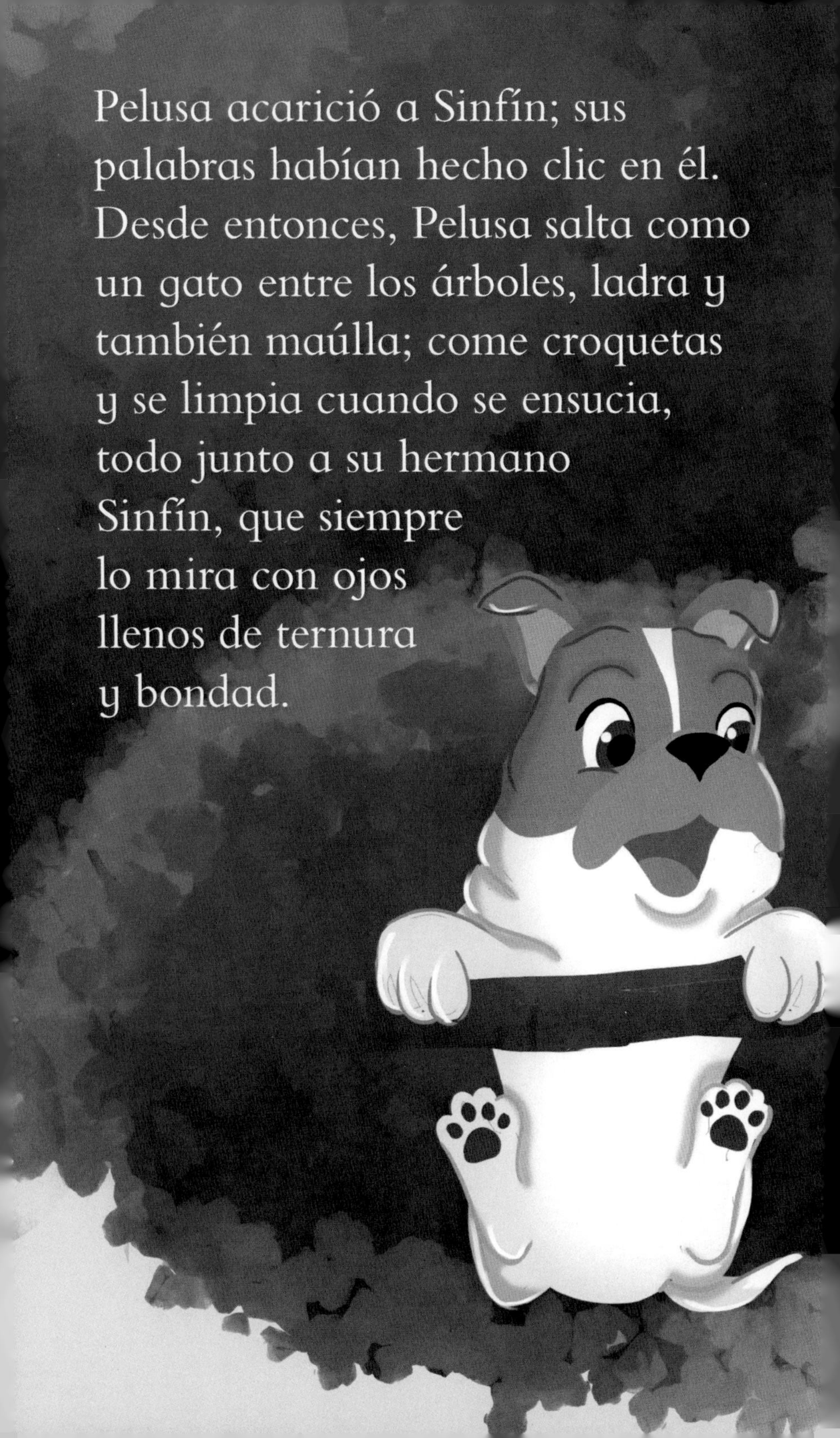

Pelusa acarició a Sinfín; sus palabras habían hecho clic en él. Desde entonces, Pelusa salta como un gato entre los árboles, ladra y también maúlla; come croquetas y se limpia cuando se ensucia, todo junto a su hermano Sinfín, que siempre lo mira con ojos llenos de ternura y bondad.